설렘 반 기대 반

박희홍 제6시집

시음사
시사랑음악사랑

'詩' 속에 삶이 투영되어
정도(正道)를 걷는 행복한 박희홍 시인

지나온 삶을 뒤돌아보면서 또 앞으로 살아갈 삶을 설계하며 현실에 실천하면서 조화롭게 삶을 살아간다는 것은 생각보다 그리 쉽지 않다. 잘못하면 후회만 하는 삶이 되기도 하고, 때로는 허황된 망상에 젖어 현실에 적응할 수 없기 때문이다.

과거, 현재, 미래의 삶을 적절하게 영위하면서 살아갈 수 있다는 것은 그만큼 자신의 깊은 내면을 들여다볼 수 있고 철저하게 컨트롤할 수 있으면서 세상을 바라보는 통찰력이 있어야 한다. 그런 면에서 볼 때 박희홍 시인의 삶과 많이 닮았다는 생각이 든다.

시인의 작품을 감상하다 보면 그러한 모습들이 곳곳에 숨어 있고 절제되면서도 늘 성실한 삶을 추구함을 느낄 수 있다. 그러면서도 그의 필력에는 여유로움과 자유로움, 행복이 묻어나기도 한다.

박희홍 시인은 시 짓기 전국 공모전에서 대상을 수상하기도 하고 대한문인협회에서 주관하는 한국문학 문학대상을 수상하면서 벌써 6시집을 출간하고 있으면서 많은 문우에게 존경받는

중견 시인이다. 그리고 무엇보다 꾸준하게 많은 독자의 사랑을 받고 있는 시인이다. 제1시집 "쫓기는 여우가 뒤를 돌아보는 이유", 제2시집 "아따 뭔 일로", 제3시집 "허허, 참 그렇네", 제4시집 "문득 봄", 제5시집 "괜찮아 힘내렴", 그리고 이번에 출간하는 제6시집 "설렘 반 기대 반" 시집이다.

시인은 시적 화자를 통해 시인의 감정과 풍자를 곁들여 상징적인 수사법으로 묘사하는 시인의 시심(詩心)을 엿볼 수 있고, 작품세계에서는 정도(正道), 원칙 그리고 사람의 도리가 무엇인가를 배우고 거기에 익살스러움까지 엿볼 수 있다. 또한 부정적인 관점보다는 긍정과 희망을 주며, 삶의 연륜이 녹아 있는 교훈과 지혜로움이 담겨 있음을 볼 수 있다.

박희홍 시인의 제6시집 "설렘 반 기대 반"이 세상에 빛을 보게 되었다. 그 안에 가득 들어 있는 시인의 시심이 독자의 마음을 설레게 하고 공감하게 하며, 또 기대하는 마음으로 그 향기가 스며 많은 사랑 받을 수 있기를 응원한다. 그리고 시인의 시집 제호처럼 설렘 반 기대 반으로 독자의 손에 행복으로 들려지길 바라면서 기쁜 마음으로 "설렘 반 기대 반" 시집을 추천한다.

(사)창작문학예술인협의회 부이사장 박영애

* 목차 *

☑ 봄 그대가 오네

☑ 설렘 반 기대 반

☑ 헛헛한 마음

☑ 마법 같은 시간

* 목차 *

☑ 그 시절 그리워라

☑ 착각은 자유

QR코드 스마트폰으로 QR 코드를 스캔하면
시낭송을 감상할 수 있습니다
본문
시낭송
감상하기

 제목 : 푸르른 희망
시낭송 : 장화순

 제목 : 봄만 되면
시낭송 : 박영애

 제목 : 꿈과 희망
시낭송 : 박영애

 제목 : 사뿐사뿐 오간다
시낭송 : 박영애

 제목 : 시간의 탑
시낭송 : 박영애

 제목 : 수줍음의 꽃
시낭송 : 박영애

 제목 : 접시꽃 그리움
시낭송 : 박영애

 제목 : 착시현상
시낭송 : 박영애

 본문 시낭송 모음

영상은 YouTube 정책 또는 운영 관리에 따라 삭제될 수도 있습니다.

시인은 자연을 이야기하고 시낭송가는 자연을 품었다
글자는 날개를 달아 언어로 날고 소리는 자연에 눕는다

빛이 되는 친구

옆에서 그냥 묵묵히
바라다볼 뿐

일이 잘 풀리지 않을 때는
괜찮다 힘내라 위로하고
잘 되면 싱긋 웃어줄 뿐

진정으로
일에 치이고 어려울 땐
보답을 바라지 않고
이것저것 가리지 않고

가만가만한 행동으로
시름을 걷어내 주려 하는
어둠 속의 빛 같은 존재

홀로 아리랑

할머니의 시큰시큰한 관절은
아기를 낳으려
용쓰듯 산통을 앓고 있다

남매를 건사하려
홀몸을 불사르다
고장이 나 욱신거리는
허리는 할미꽃이 되었다

인이 박인 근육통은
증손자의 재롱잔치에
일순간 녹아내려
찡그렸던 얼굴이
활짝 꽃으로 피어난다

저승꽃 핀 얼굴
누런 이를 드러낸
넉살 좋은 낮꽃은
염화시중의 미소여라

* 인 : 여러 번 되풀이하여 몸에 깊이 밴 버릇

웃음꽃

어떠한 상황에서도
금방 웃고 또 웃는
그대가 참 좋습니다

생각처럼 쉽진 않겠지만
호방한 성격을 가진
그대 닮은
사람이 되고 싶습니다

활짝 갠
따사로운 오늘
그대 웃는 모습 따라
싱글벙글
웃고 또 웃어봅니다

비에 대한 고마움

날개는 없지만, 훨훨 날아서
때론 사뿐히, 때론 거칠게
우리 곁에 내려앉는다

이런 날엔 창가에 앉아
사색에 잠겨
마음 밭에 뿌린 시의 씨앗에
새록새록 날개를 달아줄
마법의 시간이다

꽃 진 자리에
알차게 여문 열매 향기
우리의 마음과 마음을
따스하게 하는 햇볕이길
두 손 모으리니

자존감

나만 모르는 것일까 봐
묻지도 못하고
두리번거리게 된다

말을 붙여오기에
자초지종 말하고 보니
그는 알고 나는 몰랐다

그깟 일로 쫄지 말자
모르면 배우면 되는 것을
무기력한 의기소침은
삶에 걸림돌이 될 뿐

설렘은

너그러운
어머니를 닮은 삶의 동반자

마음 다잡게 하고
가슴 들뜨게 하는 첫사랑

답답함을 이겨내게 하는
한 줄기 시원한 비바람

새롭게 시작할 수 있게
힘이 되고
미래를 꿈꾸게 하는
만능 조력자인 봄, 새봄

하늘은

천근만근
무거운 몸이지만
제 할 일 하기 위해
아침을 맞이한다

보이는 것이라고는
끝없는 구름뿐

한 몸이 되었다가
여럿으로 나뉘어
제 갈 길 가는 평온함

우리 삶의 희로애락과
온갖 환상의 세계까지도
빈틈없이 그려내
전시하는 변화무쌍한 큰 마당

봄 그대가 오네

봄을 기다림은 짧다

매화나무꽃 아랜
휴식을 끝낸 초목
티 없이 투명하고

목련 꽃봉오리에 걸린
햇살 눈 부시다

고요를 흔드는
한 방울 물에
온 세상엔
초록으로 빛나는 봄이
살포시 온다

푸르른 희망

누더기를 벗어 던진 초목이
연둣빛 새 옷으로 갈아입고
곱게 분단장한 얼굴로
예쁜 눈인사를 하니
감탄사를 연발하게 한다

꽃과 푸른 잎들의 속삭임과
새들의 정겨운 재잘거림에
따사로운 햇볕을 받으며
혼자 걸어도 외롭지 않을 길

설렘 속에 피어나는 웃음
그 미소 속에 깃든 행복
엄마 품속 같은 아늑함과
따스함이 있어 포근한 봄

아득히 멀고 넓은 천지에
생의 길을 밝혀줄 등댓불

제목 : 푸르른 희망
시낭송 : 장화순
스마트폰으로 QR 코드를 스캔하면
시낭송을 감상할 수 있습니다

봄의 향연

날카롭고 거친 모서리 같은
엄혹한 상황을 견디던
초목은 한줄기 빗소리에 깨어나

제 몸에 맞는 옷으로
단장하고 나와
누구의 눈치도 보지 않고
자신만의 멋을 자랑한다

세상일이라는 것이
이전투구의 각축장이라지만
하는 일에 한눈팔지 않고
최고라는 자부심으로

고진감래를 떠올려가며
긍정의 미소로
온 힘을 다한다면
시들지 않을 기쁨의 꽃이
활짝 피어오르지 않을까

2월의 얼굴

긴 겨울 터널을 지나
광야의 봄으로
나가게 하는 나들목

봄을 준비하고 세우라는
묵언의 죽비소리

슬그머니 내리는
빗소리 따라 재잘거리며
옹기종기 솟아나는
앙증맞은 풀꽃 무리

자신이 할 수 있는 만큼
잎이 되고 꽃이 되어
세상을 훤히 비추는 등불

3월의 송가

푸수수한 겨울 끝자락에
수문장 교대식이 열렸다

노란 생강나무 꽃향기
풋풋한 첫사랑 향 내음

희끗희끗한
황량한 대지의 여백을
푸르름으로 채우고 있다

밤새 내리는 빗소리에
발돋움하는 파릇파릇한
양광스러운 봄날이어라

* 푸수수하다 : 정돈이 되지 아니하여 어수선하고 엉성하다.
* 양광스럽다 : 호강이 분수에 넘친 듯하다.

햇살 아래서

똑딱똑딱
시침이 두 번 돌면
추억이 하나 늘고
덩달아 비밀도 늘어난다

초침이 멈추려는 날엔
쌓인 추억들이
주마등처럼 스칠 때

다람쥐 쳇바퀴 돌 듯한
단조로운 삶일지라도
말년이 윤택해지길 바랄 뿐

환희의 4월

굳은 땅을 뚫고서
또는 닫힌 문을 열고서
싱글벙글 웃으며 나오는
정겨운 연둣빛 얼굴들

비와 바람과 햇볕이
이곳저곳에 그린
여백의 미를 갖춘 수채화
봄의 중심인 대들보

땅심이 되어 준
핏빛 동백의 얼
슬프디슬프지만

새싹과 새잎이 활기차게
노래하며 푸르러져 가듯
수런수런 설레는 마음으로
낮의 사간이 길어져 가는
달콤한 봄날을 맘껏 즐기리니

봄만 되면

한가득 채워 터질 것만 같은 꼴망태
무거워 휘청휘청 힘 빠진 발걸음에
뽕뽕 뽕 방귀가 박자 맞추는 봄

점심을 못 먹어 풋보리 잘라
불에 그슬러 오돌오돌 씹어 먹으며
검댕이 묻은 서로의 얼굴 바라보다
배고픔에 이미 빠져 버린 배꼽 없는
배꼽을 잡고 웃게 하는 봄

솔가지 분질러 송키를 벗겨 먹고
딱주 캐 벗겨 먹으며 풀꽃 베어다가
나물 만들어 식어버린 꽁보리밥에
비비고 비벼 먹고서도 배고팠던
봄 끝자락 보릿고개 저녁밥

얼음처럼 차가운 옹달샘 물 한 바가지로
답답한 가슴을 풀던 순간을 떠올리면서
늙어버린 그때의 아이
요즈음 세상 참 좋긴 좋다며
혼잣말에 취하는 먹거리 푸짐한 봄

* 송키 : 소나무 내피

제목 : 봄만 되면
시낭송 : 박영애
스마트폰으로 QR 코드를 스캔하면
시낭송을 감상할 수 있습니다

은혜로운 오월

옹골차게 우주를 담고 사는
씨앗 하나 비와 바람과
햇볕의 무게를 이겨낸다

꾸물대지 않고 불끈 솟아올라
소금처럼 요긴한 눈부신
태양을 향해 파란 미소를 피운다

그 미소 덕에 활기찬
세상이 되어
파란 웃음꽃으로 뒤덮어
봄을 완성한다

서서히 뜨거워지는
여름으로 가는 길목에
잠시 쉬어 가게 하는
그대는 고귀한 푸르름
봄날의 자비로운 여왕이어라

선택의 기로

여론에 귀 닫고서
일하지 않고 거드름을 피우며
언행일치가 아닌 입만 살아
제 잘난 맛에 남을 헐뜯기만 한다

잘되면 내 탓
못되면 조상 탓하듯 하는
사람 잘 되는 것 못 보았다

먹던 우물물에 침 뱉고 토하는 일
제 얼굴에 하는 것과 뭐가 다르냐
순간의 선택이
우리 삶을 좌우한다고 한다

공공의 선을 위해
양보할 줄 아는 미덕이라는
덕성을 갖추고
어우렁더우렁 살아간다면
세상 살아가기 좀 좋아지려나

보릿고개 오월

에구머니나
고향 산천이
더욱 푸르러졌지요

밀보리
튼실 튼실하게 익어가는
오월이잖아요
참 그렇네요

할매랑 할배가
고갯마루 넘을 적에 힘들어도
체면치레에 배부른 척
헛기침 안 하게끔

천년이 하루같이
어서 후다닥 지나갔으면
정말 좋겠어요

꿈과 희망

오늘이란
힘겹게 짊어지고 가는
뜨겁게 달구어진 짐
내일을 비추는 거울

봄비에
가볍게 솟아오르는
새싹과 새순처럼

내일이란
오늘의 고난과 역경을 끝내고
일어서기 힘든 짐을 지고서도
가볍게 일어서게 하는 존재

오늘이 어제로 변하면
신비스러운 내일이
오늘이 되어 다시 올 것을 믿기에
오늘의 험난함을 이겨내게 하는 힘

제목 : 꿈과 희망
시낭송 : 박영애
스마트폰으로 QR 코드를 스캔하면
시낭송을 감상할 수 있습니다

유월의 얼굴

싱싱하던 연둣빛
어금버금 신록으로 무르익어
달콤한 향기를 퍼뜨린다

논둑엔 개구리 울고
밭둑엔 벌 나비 바람났다
바람이 따따부따 참견한다

쥐락펴락하는
한낮의 한줄기 소낙비에
생물은 생기 넘쳐난다

젖은 잎사귀는
상큼한 내음 풍기고
열매는 제 모습 갖춰 가고
여름이 엉금엉금 슬금슬금
우리 곁으로 다가오고 있다

열정과 끈기의 힘

삶은 영원한 널뛰기
험난한 세상에서도
넘어지지 않고 버텨내게 하는
힘의 원천은 마음

앞날이 꽉 막힌 듯한
온갖 세파를 겪으면서도
꿋꿋하게 견뎌내고서
어김없이 새봄이 오듯
모든 것을 새롭게 한다

생각과 행동이 힘이 듯이
포기하지 않고 번뇌에서 벗어나
마음 밭을 잘 가꾸어

삶의 기둥을 튼튼히 세워
어떤 고난도 끝끝내 이겨내
자신의 앞날을 밝게 비추게 하리니

널뛰는 마음

혀가 무심코 생각을
앞질러 간다면
진실은 멀리 떠나고
거짓이 그 자리를 차지한다

타고난 배신은 잡초
뿌리를 뽑는다고 해도
사육된 사자가 피 맛을 보면
사람을 헤칠 수 있듯이
본성의 근원을 뽑아낼 수 없다

자신과 한 선한 약속을 잊고
이익이 되는 악한 쪽으로
혀가 마음을 앞서기에
배신은 배신을 낳는가 보다

유월과 꽃마리

핏덩이 딸과
몇 평 안 되는 전답을 남겨두고
한국전쟁에 참전하고서
70년 넘도록 오지 않는 것인지
못 오는 것인지 모르는 님

봄이면 머리에 연하늘색
오각 단추 모양의 꽃을 꽂고서
싱글벙글하던 딸

아빠를 그리워할 때면
돌아오는 길에
예쁜 머리핀을 사 오겠다던
말귀도 못 알아듣던 아이와의
언약을 지키진 못하더라도

제백사하고 님의 얼굴을
한 번만이라도 볼 수 있다면
여한이 없겠다

서로의 슬픔을 위로하며 힘내자
울먹이며 다짐하는 일이
허사가 되지 않기만을 기도하는
망백과 망팔을 넘긴 엄마와 딸

* 망백望百 : 구십일세 * 망팔望八 : 칠십일세
* 꽃마리꽃 : 꽃말 : 나를 잊지 말아요. 나의 행복.

어떤 일이 있더라도

지난겨울 급하게 동료들과
처리해야 할 일이 있던 날
폭설이 내려 두 시간 늦었다
따가운 눈총 폭탄을 맞았다

며칠 전에는 물 폭탄을 맞아
망연자실한 채 넋이 나갔다
어제는 다짜고짜 보낸
문자폭탄에 속수무책 당했다
오늘은 일을 그따위로 하냐는
말 폭탄에 정신이 혼미하다

내일은 마음을 가다듬고 기분 좋게
진심을 담아 실천하고 실행하여
결코, 결코, 결단코 힘이 되는
칭찬 폭탄·웃음 폭탄을 맞아 보고 싶다

인생길

인생은 바람
설렘 반 기대 반에
요리조리
흔들리며 살아가는 삶

누가 뭐래도

멀미 나게 하는
격랑과 혼돈을
꿋꿋하게 이겨내는 힘
보람찬 생의 열매

멍 자국 같은 시간

우리네 삶은
시간의 올무에 걸려 살지만
마냥 허송세월하지 않게
언제고 마음대로 쓸 수 있다

예삿일처럼 날개를 펴고
포르르 날아가면서
끊임없이
충직한 조언을 주곤 한다

알아차리거나
알아차리지 못함은
듣거나 듣지 못함에서일까

설령 헛되이 보냈더라도
적으로 생각하진 않으면서도
망연자실 원망의 눈빛으로
넋두리를 하곤 한다

사뿐사뿐 오간다

동지冬至를 멀리 떠나보냈으나
여전히 춥다
바람이 세차고 얼어붙는 것을 보면
눈이 내릴 징조다

겨울 바람꽃이 웃는다
여전히 매섭게 눈이 내린다
대한大寒에 웃비가 내리면
계절을 망각한 채 노란 꽃들이
정겨운 노래를 부르며 다가온다

귀로 들을 순 없어도
봄의 마법이
아롱아롱 푸른 물결치는 소리

절망에서 벗어나
새로운 희망으로
용기 있게 길을 나서
꿈의 씨앗을 심고 가꾸라는
힘찬 응원의 소리다

제목 : 사뿐사뿐 오간다
시낭송 : 박영애
스마트폰으로 QR 코드를 스캔하면
시낭송을 감상할 수 있습니다

기도의 손길

언제 어디서나 여일하게
태양이 떠올라 따스함으로
우릴 비추듯

품었던 두려움이 사라져
부서진 맘 아파하지 않고
좌절의 언저리에서 맴돌지 않게
순풍을 만난 돛단배처럼
닝큼닝큼 나아갈 수 있도록

줄 것 없다 말고
고난에 처한 이에게
살포시 손 내밀어
사랑 느낄 수 있게
힘 불어넣어 주세요

* 닝큼닝큼 : 머뭇거리지 않고 잇따라 빨리.

오늘은 오늘일 뿐

시간은 자원이다

길기도 짧기도
느리기도 빠르기도
많기도 적기도 하나
그저 고만고만할 뿐

아무리 축을 내도
마르는 법 없이
솟아올라 유유히 흘러갈 뿐

행동을 미루면
이룰 수 없거나
좌절하기 쉽다

움켜쥐고 깨어있을 때
찬란하게 빛날 뿐

무감한 세상

세월은 모든 것을 늙어가게 한다
산골짜기를 졸졸 흐르던 물 마르고
울창한 숲은 군데군데
탈모가 심해져 빈 곳이 많아진다

범인은 온난화라 하지만,
진짜 주범은 따로 있다고 한다

그럼, 누구일까
흔한 말로 욕심 많다는 "돼지"일까
욕심으로 따지면 사람만 한 게 있을까

신이 하는 일을
왈가왈부할 순 없지만
사람이 저지른 일에는
큰 책임이 따르기 마련이다

그나저나
본디대로 되돌릴 방법은 없을까

기왕이면

앞날이 밝았던 두 사람
좋은 일한 주인공과
나쁜 일 저지른
장본인으로 갈린다

사람 입에 오르내림
엇비슷하고
받아들이는 느낌
또한 사뭇 다르다지 않다

일순간에 갈리는 운명
주인공이 되진 못해도
장본인이 되진 않겠다는

다짐 헛되지 않게
단단히
잡도리하며 살아가리니

중용의 길

행복은 압박에서 온다

대양을 오가는 함선도
적당한 하중으로 다녀야
요동치는 풍파에
전복되지 않는다

이상과 현실의
모순에서
벗어나기 위해서도
그렇다

적당한 압박은
행복의 길로 달리는 기관차

굳세어라

순풍에 돛 단 듯
순탄한 인생살이는 없다

마음속에 잠든
늑대를 본 적도 없다
깨워 나면 어찌해야 할까
두려워하면 역풍이
그렇지 않으면 순풍이다

성공과 실패의 갈림길에선
기회의 그림자를 붙잡아야
새록새록 좋은 일 많이 생겨
인생이 보석처럼 빛나리니

따사로운 내음

석양 노을빛 쏟아지는
고향 집 지붕 위에서
묵언 수행 중인
잡풀과 호박의 금빛 얼굴
마음을 부유케 한다

산도 들도 온통
햇살 한가득 받아
금빛으로 물들어
마음을 부유케 한다

황금빛 가을이 있기에
추운 겨울도
다사롭고 수나롭다

* 수나롭다 : 정상적인 상태로 순탄하다. 무엇을 하는데
    어려움이 없이 순조롭다. (우리말샘)

칠월에는

하얀 치자꽃 향기와
무성한 푸름이
함께 오는 칠월

이글거리는 햇볕에도
푸른 바다를 향한
설렘을 간직한 칠월

삼복 개장국에
몸보신하고서
봉숭아 꽃물 들이며
쉬어가자는 어정칠월

열대야를 밀어낼
하얀 눈雪을 그리워하는
몽상에 도취한 칠월에는
비췻빛 무등을 타고
하늘을 날고 싶어라

소박한 꿈

끝이 보이지 않는
깊은 산골짜기 같은 사랑을
가슴에 담으려 해도
담아지지 않는다

해님의 여일한
언약을 믿듯이
이해하고 양보하는
미덕을 지켜낸다면

언젠가는 흐뭇하게
넘쳐나지 않을까
공명의 울림소리 들리려나
자나 깨나 기다려나 보세

화해의 시간

형님, 김장 언제 할래요
응, 오늘이 초하루지, 초나흘에....
나도 그날 할래요
우리 둘이 함꾸네 하세. 좋아요

참, 동상
올해는 두통씩 더 해야겠어
뭘 하게요
응, 엉덩관절 수술로 힘든
덕산 댁네 주면 안 될까

동상이 그러자 했다며
미리 말해 두었으니 그리 알게
그리고 돼지고기는 책임지겠데
형님이 해놓고 왜 저를 팔아요

요즈음 둘 사이가
좀 거시기하지 않은가
그래서 그랬네, 잘했지
언니 고마워요
형님이라 않고
언니라 부르니까 더 정겹다

행복이란

이보게
행복 그것
별것 아니야

욕념을 내려놓고
관조하면서
초연한 마음으로
공감과 호응 속에
마주 보고

비둘기처럼 다정하게
구구구 노래하며
신명 나게 웃으면 되는 것
아닐까

우정

불길 같기도
물길 같기도 하여

왕성하다가도
별안간 시들해지거나
말라 쩍 갈라졌다가도
찰싹 붙기도 한다

자칫 크게 부딪히면
금이 가거나 깨져버려
끝끝내 복원할 수 없게 되기도 한다

상대방의 입장이 되어
공감하고 함께하면
서로의 가슴속에
영원히 간직될
믿음의 징표인
똬리를 틀 수 있을까

오늘이 중하다

팔랑개비는 쉴 틈 없이
돌고 돌아도 그저 좋아한다
인생도 행·불행에 휩쓸려
허리 펼 틈 없이 줄곧 달린다

방학도 없고
정해진 졸업 날도
알지 못하면서도
기분 좋게 살아가려 한다

멈춘 팔랑개비는
다시 돌 수 있으나
졸업한 삶은
한 걸음도 앞으로 나갈 수 없다

아무리 바빠도
오늘을 홀가분하게 사는 것이
이문利文 남은 장사 아닐꼬

헛헛한 마음

밤새
바람과 수다 떨던 소낙눈

온기 잊는 공원 의자를
지붕 삼아
우두커니 졸고 있는
길고양이

하늘은 끄물거리고
차가운 흰모래
잔뜩 쌓인 광활한 전경
허허로워진 마음

한술 밥에 배부르냐
날씨 탓만 할 수 없으니
하마하마
좀 더 기다려 봐야지 별수 없다

* 헛헛하다 : 먹은 것이 없어서 무언가 먹고 싶은 느낌이 있다.
* 한술 밥에 배부르냐 : 무슨 일이든지 한 번으로
　　　　　　　　　　　만족한 결과를 얻을 수 없 다는 말
* 하마하마 : 어떤 기회를 마음 졸이며
　　　　　　기다리는 모양을 나타내는 말

젓가락

1과 1의 합은 2가 아닌
무한수 11

백지장도 맞들어야 낫듯
한 발 한 손 혼자보다
암튼 둘이 힘을 합하면
좋은 일 많다

요모조모 사용하다 보면
두뇌 발달과 촉진에 도움이 되어
건강도 지키고
손기술 계발에도 좋다

익숙한 손놀림으로
짝을 이루게 하여
정情과 정 나눔과 배려 등을
실현하게 하는
기술 대국의 대명사가 된
우리 삶의 선각자이자 동반자

시간의 탑

어떤 방해를 가해도
기다려 주는 법이 없다
지나간 흔적도 찾을 수도 없다

태양의 햇살이
만물을 차별 없이 비추듯
누구도 차별하지 않으며
과거도 현재도 미래도
결국은 현재의 연속이다

점과 점, 선과 선으로 연결되어
아침으로 이어져 저녁이 오고
그것들이 반복되면서
봄 여름 가을 겨울이 되듯
초목이 연초록에서 단풍으로

그리고 낙엽이 되는 것이
반복되는 것을 보면서
사람들은 그걸 세월이라 한다

제목 : 시간의 탑
시낭송 : 박영애
스마트폰으로 QR 코드를 스캔하면
시낭송을 감상할 수 있습니다

속마음

한낮엔 은빛 물결
석양 노을빛엔
붉게 물든 억새
너의 변신은 무죄

밤사이 서리 내려
단풍잎과 낙엽이
겨울옷 껴입는 것
또한 무죄

격식도 없이 야금야금
시시각각 변화는 세태
어떻게 결말을 내야 할까

고운 낯꽃

찡그리고 성깔 부리면
볼썽사납게 주름살만 깊어지지만
활짝 피면 얼어붙은
맘과 맘도 녹아내린다

소문만복래면
가화만사성도 찾아오나니
끊임없이 빙그레 웃고 웃자

밝은 낯꽃을 피우는 일
익숙하지 않아 다소 어렵겠지만

화합의 꽃인 환한 낯꽃을
피워내는 일
세파를 견뎌냄보다야
천만 배 쉽지 않을까

고독의 끝은

거센 폭풍우가
휘몰아치는
망망대해의 일엽편주에
영혼을 가둔 채

뭔가 하려던 생각이
과거의 행불행 때문인지
도무지 떠오르지 않는다

고난을 뛰어넘으려면
감당 못 할 짐은 내려놓고
흐트러짐 없이 일심을 다해

일출의 서광을 보라며
잠든 마음을 깨우는
아스라이 들려오는
신비스러운 환희의 함성

조화와 부조화

까치가
침을 꿀꺽 삼키고 가기에
아직인가 했더니
엄니가 좋아하는
대봉大峯이 뚝 떨어진다

거두어들이면서
여덟아홉 개 남겨두었더니
간밤의 짓궂은 눈설레가
오매 생감을 결딴냈다

엄니는 감나무 옆
짚가리 위에 놓아두라며
광에서 일고여덟 개 내준다

까~ 까~ 외치는 까치
배고픔을 달래 자며
가족을 부르는 소리일까
고맙다는 인사말일까

* 짚가리 : 짚단을 쌓아 올린 더미.

낙엽을 보는 눈

곱게 물든 단풍
어쩔 수 없이 떨어져
거리를 뒤덮어 버린다

보는 사람마다
감정은 사뭇 다르다

떨어져 쌓인 길을 보고
비단을 깔아놓은 듯 멋지다거나
청소하기 귀찮은 쓰레기라 한다

미인박명에
화무십일홍이라는 말
이런 때 쓰는 말일까

가을이다

가을은
우리에게 많은 것을
아낌없이 주고 떠난다

인생의 가을도
겨울로 들어서기 전에
가을 산야처럼 비워낸다면
황소바람 들어온다 해도
춥다고 덜덜 떨지 않겠지

이래도 저래도
가지고 가지 못할 것을
기분 좋게 주고받으며
살갑게 지낸다면
천지가 개벽할 일일까

늦가을 노옹의 독백

공원 의자에
홀로 고독을 삼키는 이의
친구 되어 주던
푸르름의 날들은
생의 의미를 느끼게 한다

오색 잎들이
처연한 소슬바람에
흙으로 돌아가려
사시나무 떨듯 떠니
홀로인 이 덩달아 떤다

바람기 없는 한 줌 햇살을
그리워하며 외롭지 않게
푸른 잎새들이
어서 돌아왔으면 하는 맘을
차가운 한숨 속에 흘려보내는
쓴맛 도는 인생의 저물녘

신기 명기

자신의 마음에 든다고
수중水中에 있는 것은
번거롭고 귀찮아서 싫고
남의 수중手中에 있는 것을

맘먹기만 하면 뭐든지
자유롭게 말할 수 있듯이
내 것으로 만들 수 있다는
능력을 타고난 사람 있다
세상 참 괴이쩍하고 불가시의하다

이것도 저것도 없는 처지에
맘먹은 대로 되지 않더라도

신수라도 편해지려면
미친 듯 웃고 지내야 하는
처지가 안타까울 뿐,
뭘, 어찌하겠나 잊고 살아야지

* 괴이쩍다 : 이상야릇한 데가 있다.

내 탓이야

첫새벽 기상나팔에
고단함을 무릅쓰고 일어나
해 질 녘까지
쉼 없이 꿀 따는 벌 닮은 사람

출생의 비밀은 알 수 없으나
태어날 자리를 찾다가
간발의 차가 났기 때문일까

진실을 알 수 없기에
궁박한 처지를 벗어나려면
금수저로 태어나는 것뿐이지만

그게 하늘의 별 따기보다
어려운걸, 난들 어찌하리오만
누구 탓이겠나 내 탓이지
그나저나 온 힘을 다해 봐야지

고백

불경스러울까
의심하지 않는다

하느님이
식언할 것 같지 않아서다

게으름 피우지 않고
온 힘을 다했다

그렇지만 하루하루
입에 풀칠하기 어렵다

뭐가 문제인지
나는 당최 모르겠다

마법 같은 시간

밝음을 몰고 왔다
어둠을 몰고 가는
끝없이 반복하는
무한 도돌이표

쳇바퀴 도는 다람쥐
아니야, 정점을
오르내리는 사다리

실체를 본 적 없으나
공동체를 위해
존재하는 행동가
사막 속의 오아시스

동심의 겨울

매서운 바람에
먹구름 낀 하늘이
을씨년스럽다

그가 온다는 파발일까

하얀 융단으로
천지를 덮었다

오랜만에 야외 무도회를
관람하는 듯

얼어붙은 대지 위에
학동들의 왁자한 소리

하얀 양털을
뒤집어써 가며 놀던
그때로 되돌아가고프다

인생 나그넷길

험난한 세월 보내며
간신히 성공했다 하여
아까워 쓰지 못하고
지갑을 닫고 살았기에
부를 지킬 수 있어
먹지 않아도 배가 부르다

최소한 노년이 되면
힘들고 어렵게 살았더라도
이웃과 기쁨을 함께 나누려
입은 닫고 지갑은 열어 가진 것을
보람 있게 쓰며 살아야 한다고 한다

먼 길 가면서까지
두 손에 이것저것 챙겨 가더니
신이 내민 손을 놓쳤으니
어디로 갔을까
나그넷길 공수래공수거인 것을

벼랑 끝에 몰려도

벼락바람에
앞서간 이의 발자국과
지나온 나의 발자국이
흔적 없이 사라질지라도
외로워하지 않으리

어차피 홀로 가야 하는
인생살이기에
오졸 없어 설사
오아시스를 찾지 못하더라도

다행스레 때때로
흘레바람 불어올 것이니
괴롭고 외로워할 틈
발붙일 곳 없으려니

* 오졸없다 : 하는 일이나 태도가 야무지거나 칠칠하지 못하다.
* 흘레바람 : 비를 달고 오는 바람

고마운 당신

비웃을 사람 있겠지만
많고 많은 사람 중에
내겐 과분한 이가 있다

그저
가슴에 새겨두고
오래도록 행복의 늪에 빠져
제대로 표현할 수 없었다

이젠
남들이 뭐라 하든 말든
"사랑한다"라는 말을
입에 달고 살아가련다

설렘의 떨림 길

희망은 삶의 초행길
주저하지 않는 마음으로
내면의 소리에 귀 기울여가며
마음과 행동이 하나 되어
자신만의 길을 떠나리니

길의 시작은 설렘
그 끝은 결실이듯

어떤 길이든
혼자만의 길이기에
고독한 길이 되겠지만
자신을 믿고 나아감으로써
결실의 풍요를 만끽할 수 있으리

예도옛날

예도옛적부터
씨가 먼저냐
열매가 먼저냐 논쟁해도
시작점을 찾기가 어렵다

원숭이가 사람을 닮았나
사람이 원숭이를 닮았나
종의 기원을 떠나

비슷한 점 많겠지만
적확한 차이는
아무래도
겸손과 체면 아닐까

마땅 같은 시간

* 예도옛날 : 아주 오래전 옛날.

순간의 과욕은 금물

마음이
처음 더럽혀지는 것은
욕심을 부림에서라 한다

욕심은 가슴속 깊이 숨어
하루가 다르게 커가기 일쑤라
절대 사라지지 않을 것 같다

아무리 크다 해도
결국엔 손에 잡히지 않는
한 줌의 바람인 것을

그러므로
수만 가지 생각을 일으키려는
욕념에 사로잡혀
곧은 정신을 짓누르지 않았으면....

춤추는 오색나비

들떠 돌고 도는
단풍잎들이 바큇살 따라
편안한 마음으로
힘껏 나르며 군무를
펼치는 멋진 공연 무대

꼭 다문 입을 열게 하면서
우릴 호기심 천국으로
깊숙이 빠져들게 하는
가을의 초연한 신비스러움

떠날 때 떠나더라도
새봄엔 멋진 녹색 정장을 입고
눈 깜짝할 새 달려와
희망을 안겨 줄
마법을 한껏 펼치려무나

말 없는 동행

사람 능력이 다 다르듯
그 차이를 이해하고
각자의 잠재된 소질을
계발할 수 있게 응원한다

서로 말하지 않아도
고독이 우릴 배신해
가슴에서 외치는 메아리를
마음눈으로 알아차린다

우리가 서로를 더 낫게 해
서로 다른 우리를 살려낸다

뻐꾸기 새끼를 키워내려는
오목눈이의 헌신이
감미롭고 행복하듯이
그 기억 뭉개지지 않으리니

꼬리를 무는 말장난

영화를 감상鑑賞한 뒤
한마디로 감상感想하라면
참으로 대단하여
감상感賞을 받을만하더라 했다

좋아하던 사람에 대한
감상感傷에 빠져 허우적대다
감상龕像에 모신 불상에 올릴
감상監床을 살펴보았다

정성껏 올린 육법 공양물의
의미를 새기며 감상感賞에 젖어
경건한 마음에 합장배례 한다

행과 불행의 값을 매길 수 없듯이
살은 한 밥에 오르고
한 밥에 내린다고 하듯이
괜한 감상感傷에 빠지지 않기를

* 감상(鑑賞) 주로 예술 작품을 이해하여 즐기고 평가함.

* 감상(感想) 마음속에서 일어나는 느낌이나 생각.

* 감상(感賞) 마음에 깊이 느끼어 칭찬함.

* 감상(感傷) 하찮은 일에도 쓸쓸하고 슬퍼져서 마음이 상함.
　　　　　　또는 그런 마음.

* 감상(龕像)『불교』암벽을 우묵하게 파내어
　　　　　　　작은 방을 만들어 그곳에 모시어 둔 불상.

* 감상(監床) 귀한 사람에게 올릴 음식상을 미리 살펴봄.

* 육법공양六法供養이란 초, 향, 차, 꽃, 과일, 쌀 등
　　　　　　　　　　여섯 가지 공양물을 말함

* "살은 한 밥에 오르고 한 밥에 내린다"는 옛말로
　나이가 어리거나 많을수록, 한두 끼의 식사를
　얼마나 잘 챙겨 먹느냐에 따라 몸에 미치는 영향이
　크다는 뜻.

행복해지려고

봄을 타다 보면 봄날이
아침 이슬 사라지듯
보일 듯 말 듯 해도

다음을 기약하기 위한
결실을 위해
한눈팔지 않고
약동하며 부지런 떨며
할 일에 온 힘을 다한다

넘쳐나는 생동감에
눈코 뜰 새 없이 바쁜 봄날은
계절을 지속 가능케 하는
보물이 되어 줄 밑거름

* 봄을 타다(관용구) : 봄철에 입맛이 없어지거나
                      몸이 나른해지고 피리해지다.
                      봄기운 때문에 마음을 안정하지 못하여
                      기분이 들뜨다.

말의 곁가지

수련이라고
다 수련이냐

수련水蓮이라니 뭐꼬
밤에 코해야
향원익청 하는
수련睡蓮이지 수련

그런 것은
중요하지 않다고....
글쎄
문향文香이 나오려면
제대로 알고 써야 하지 않을까

* 향원익청 : 향기는 멀수록 더욱 맑다.

공생과 기생

가족관계는 아니라도
흰동가리와 산호 말미잘
속살이게와 조개
벌·나비와 꽃, 악어와 악어새
서로 피해 주지 않고 함께 한다

사랑이 넘쳐나 늘 함께하며
초심을 잃지 않고
가족을 보살피는 제비 부부

믿음과 사랑이 있기나 하는지
함께 다닌 것을
거의 본 적 없는 암수 사자

암사자, 모성의 본능은 속일 수 없는지
새끼를 낳아 잘 기르려
노심초사 고군분투한다
더불어 수놈과 부양하면
평화롭고 행복할 듯한데

종족 보존을 위해서만 껍죽대며
낯짝을 내미는 꼴이
마치
나무에 기생하는 겨우살이 같다

글의 가치

셰익스피어의
4대 비극과 5대 희극처럼
명성을 얻어야 하나

대중으로부터
입에서 입으로 오르내려
전해져야만 명작인가
무학 무식한 촌부도
쓸 수 있는 것이 글 아닌가

거드럭거리며 편 가르지 말아요
한 사람이라도 공감하면
쓰는 가치가 있는 것 아닐까요

글쓰기, 어렵긴 하지만
개천에서 용이 날 수 있는
기회를 얻을 수 있게
문이 활짝 열린 세상이니
하기 나름 아닐까요

그 시절 그리워라

육십 년대 초 학교 옆
가게가 즐비하던 골목길
유독 인심 후하게
새알심을 많이 넣어주던
입담 좋던 단팥죽 집 아저씨

이유인즉슨
"학생들이 많이 팔아주니
삼 남매 굶기지 않고
공부시킬 수 있다." 하던
매부리코 아저씨

옹기종기 모여 아등바등 살았던
볼품없이 얼키설키한 흔적과
정든 이웃, 오간 데 없고
잡식 공룡들의 먹잇감이 되어
목하 구도심 재개발사업 중

아버지의 꽃

아버지는
청순한 어머니를 닮은
해 따라 피고 닫는
물의 요정을 좋아했다

기약 없이 떠나
어느 곳을 헤매는지 모르는
지아비를 위해

온갖 어려움을 이겨내며
부정 타지 않도록
순수한 마음으로
지극정성을 다해

재회의 날을 기다리며
가족 안에 깊숙이 자리한
아버지의 꽃 하얀 수련

세세연년 피워내는
어머니의 고아한 기품
한 점 부끄럼 없는 삶의 향기

고집불통

무턱대고 따르는 사람은
한 치의 오차도 없게
꼭 맞는다고
너나없이 고개를 끄덕인다

다른 이들은 시종여일
격분이 대발하여
기필코 아니라고 한다

눈을 부라리고 엄포를 놓아도
눈 하나 꿈적 않은 걸 보면
뭘 잘못하고 있는지 모른다

평소 무오류주의에 빠진 탓일까
허 참 당최 알 수가 없다

술

일찍이 어머니가
널 조심하라 했건만
아끼고 사랑했다

타래타래 엉켜 있던
나의 속생각을
만천하에 폭로한
자가 바로 너라니

심순애가 이수일을
배반하듯이
다시는 모욕당하지 않게
익숙함과의 결별을 위해
시거에 빠이빠이 해야겠다

* 시거에 : 머뭇거리지 말고 곧.

얼굴

말하지 않아도
눈에 비친
온화한 미소와
깊어진 주름살

그가 살아온 삶의 궤적을
차곡차곡 송두리째 담아낸
거울 닮은 자서전

권위

믿음 위에 세운 것과
강권 위에 세운 것 중
무엇이 지속 가능한 참일까

자기 스스로
세우려 한다고 세워지나
누가 뭐라 해도
하늘이 열어주어야 한다

조롱당하기 싫다면
힘닿는 대로 따박따박
채무를 이행하듯 하면
자연스럽게 솟아오르겠지

자유

힘이 엄청나게 세다고
바람처럼
제멋대로 하는 것 아니다

자기의 뜻대로 하되

대수롭지 않은 일이라도
존재하는 모든 것들과

가만가만 소리 없이
벽 없이 소통하며
서로를 이롭게 하는 것 아닐까

경건한 하루

하루를 살아간다는
하루살이도
그들의 삶은
공존 공생하며 치열하다

인생살이도
오늘 하루만이
존재한다고 생각하며
서로가 조급하지 않고
여유롭고 너그럽게
속내를 털어놓고

어울림의 시간을 만끽하며
최선을 다한다면
길이길이 지고지순한
삶이 될까

마음을 다스리는 일

우리 마음속엔
사랑과 미움
네 탓과 내 탓
할까 말까 등등의
갈림길이 있어
갈등을 일으키게 한다

박수받느냐
손가락질받느냐는
긍정의 길이냐
부정의 길이냐를
선택하는 것이다

기왕에 사는 인생사
꼬치꼬치 따져가며
싸울 필요가 뭐 있겠나
좋은 게 좋다는 것을
스스로 깨달으면 될 것 같은데

항상 희망을

한 번쯤 하고 싶은 일
도움 없이 혼자 하여
마음먹는 대로 된다면

또 다른 일을 시작하면서
핑곗거리 찾지 않고
정성껏 온 힘을 다한다면

다짜고짜 빈틈을 엿보던
실패가 발붙일 틈 없게
따사로운 햇살이 녹여버려
생의 즐거움을 누릴 수 있을까

어중이떠중이

처음에는 인사만 하고
데면데면 헤어졌다

다시 만나서는 본척만척하다
어찌 처신해야 하나
갈팡질팡했다

다가와 미주알고주알
한물간 주제에
휘뚜루마뚜루
자기 말만 해 된다

건성건성
듣는 둥 마는 둥 하다가
여차저차 빠져나왔다

* 휘뚜루마뚜루 : 이것저것 가리지 않고 닥치는 대로
마구 해치우는 모양을 나타내는 말.

민심의 변화

까치가 울면 반가운 손님
오신다고 하지만
그건 아닌 것 같다

맛있는 과일과 곡식에
흠집 내려는 짓을
방해할까, 두려워
칠색 팔색을 하며
애고 대고 시끄럽다

목 놓아 울면 울수록
쫓기는 신세가 되어
자나 깨나 좌불안석이다

먹이사슬을 파괴해 놓고
만만하게 생각하기에
본능을 버릴 수 없으니
목성형을 받아야 할까

두렵고 두렵기만 하기에
뭔 소동이 나도 나겠지

* 칠색 팔색(~을 하다) : 얼굴빛이 변할 만큼 놀라며
           질색을 하다.

선입 주견

한번 눈에 벗어나면
아무리 잘해도
마음에 차지 않는다며
무조건 싫어하게 된다

한 번에 잘하는 사람 많겠지만
실수한 뒤 더 잘할 수 있고
여물어 가는 것이 사람인데
그 핑계로
마음에 차지 않는다며 백안시한다

악마 같은 선입견이
사람 사이를 가로막으면
자칫 큰 사고를 칠 수 있으니
선한 민낯으로 소통한다면 어떨까

잘한 것은 잘했다고
못한 것은 "조금 부족했지만,
다음엔 잘할 수 있을 거야"라는
한 마디가 큰 힘이 되지 않을까

속마음 드러내기

정자나무 아래 누워
손꼽아 별을 세는데
꼬리별 지나가는 순간
도로 아미타불이 된다

보이지 않던 구름이
깃털처럼 가볍게 달려와
세상살이 힘들다면서
급하게 셈하려고만 말고
두런두런 이야기꽃 피워가며
여유를 즐겨보란다

밤이슬 맞아가며
도란도란 나누던 이야기꽃
강물이 되어
세상 시름 다 싣고
어디쯤 흘러갔을까
보내고 나니 마음 홀가분하다

내일로 미루고서

좋고 싫음이나 만나고 헤어짐은
어디서부터 시작되어
어디서 끝나게 되는 것일까
이에 대해 알려진 바 없다

그렇다면
좋으면 영원히 좋거나
싫으면 영원히 싫거나
만나고 싶으면 영원히 함께하거나
헤어짐은 영원히 만나지 못한다는 걸까

보이지 않는 것을
기어코 알아보려고 덤벼드는 것은
괜한 잠꼬대 아니면
병자의 헛소리일까

대고 조른들
풀 수 없는
수수께끼 같은 세상사

* 대고 : 무리하게 자꾸. 또는 계속하여 자꾸.

한 끗 차이

생물도 아닌데
천의 얼굴을 가진 바람

그렇다면
살아있는 모든 것들은
다 그렇다고 보면 될까

글쎄 다는 아니지 않을까
글쎄 도긴개긴 아닐까

그러니까
게거품을 물을 것 없이
취향 차이로 보면 안 될까

꼭두각시

간절하게 원하고서
금방 싫증 나 내팽개치고
팽개친 것을 또다시
곧바로 끌어안으려 한다

제 맘대로 못 하고
물 위를 둥둥 떠다니는
나뭇잎처럼

이리저리 휘둘리는
변덕은
부평초 같은 신세라며
바람 탓만 하려 한다

늘 같을 수는 없어

변덕스러운 것이 사람 맘인데
바꿀 수 있는 생각은 바른 생각
바꿀 수 없는 생각은 그른 생각
어느 것이 올바른 것인지 잘 모른다

그러기에
바르든 그르든 생각한 것을
결심하고 실행하여 잘못되면
반성하고 숙고하는 것이 삶 아닐까

변덕스러움이
일상다반사라지만
하나하나 차근차근
새롭게 고쳐 나가려는
변화의 발걸음이겠지

꿀꿀이 타령

대체 뭔 복이 그리 많아서
일이 잘 안돼도
조상 탓 굳이 안 해도 되지

그는 뭔 복을 타고나서
하는 일마다 잘 되지

별다른 이유가 뭐가 있겠나
되지, 아닌 돼지처럼
첫 단추를 잘못 끼워서겠지

아니야 오늘날엔
가는 말이 거칠어야
오는 말이 곱다고들 한다

"되지"보단 "돼지"가
더 억세서 그렇게들 말하나 보지
돼지면 어떻고 되지면 어떠나

하는 일마다 잘만 되면 되지
"되지", 아닌 "돼지"라고 하든
모든 게 다 잘 돼가면 좋겠어

느림의 힘

빠르게 흐르는 시간
여유롭지 못한
삶에 활력을 주려면
짬짬이 느림을 즐겨라

파도처럼 요동치는 맘
언제 어디서든 할 수 있는
명상을 통해
내 안의 나를 찾아보라

집중이 안 된다, 말고
한참을 울다 보면
극심한 스트레스마저 녹는다

명상은 건널목의 빨강 신호
잠시 잠깐의 여유로움에
경직된 마음이 가볍고 즐거이
공중에서 자유롭게 펄럭이리니

착각은 자유

일상에서 가끔은
필요할지 모르겠으나
지레 겁먹고 부질없이
일어나지도 않을 일에
적게 든 많게 든
걱정거리를 품고 산다

제 일 아닌
남의 일에 감 놔라 배 놔라
할 말 아닌 줄 알면서도
기실은 머릿속이
휑뎅그렁하게 빈 주제에
제가 제일인 양 걱정이 앞서
오지랖 넓게 참견하려 한다

"이 또한 지나가리니"라는 말처럼
말도 많고 탈도 많은 일들이
아무런 간섭도 걱정도 없이
아귀가 서로 잘 맞아
톱니바퀴 돌아가듯
그저 순리대로 이루어졌으면 한다

* 휑뎅그렁하다 : 속이 비고 넓기만 하여 매우 허전하다.

장장 하일

짧은 생의 끝자락에서
밤낮을 가리지 않고
살고자 갈망하며
몸부림치는 절규의 화음

나무를 붙잡고 한 달여를
단체로 애걸복걸한들
허공만 맴돌 뿐

앞으로 올 영겁의 시간을 위해
졸업할 날이 가까워지니
누구도 어쩌지 못해
맥없이 지쳐 조숙조숙 졸다

천상을 향해 길 떠나는
안쓰러운 맘 앞서는
천근만근 무거운 매미의 발걸음

* 장장하일長長夏日 : 길고도 긴 여름날. 기나긴 여름날
* 조숙조숙 : 기운 없이 몸이나 머리를 자꾸 숙였다가
　　　　　　들었다가 하면서 조는 모양을 나타내는 말.
　　　　　　(고려대 한국어대사전)

인생의 저녁 무렵

면허증을 반납했다

긴 세월 잘 버텨주더니
일몰이 가까워지니
걷기가 여간 힘든 게 아니다

별수 없이 전동스쿠터가
발이 되어 줘야 하는데
세워 두어야 하나, 어쩌지....

어르신, 증 없어도 돼요

그러나저러나
길을 나설 때는
우왕좌왕하지 않게
정신 반짝 차려야겠지

생각과 날씨

천의 얼굴을 가진 듯
순간순간 변하는 것을 보면
둘의 마음은 같나 보다
그럼 구름의 이야기를 들어볼까
아니야, 바람과 같은 것 아닐까
글쎄, 다채로운 빛줄기 같기도 하다

아무튼
일관성을 갖는다는 것이
얼마나 힘든 일인지를
안타깝지만 어쩔 수 없이
인정해야 할 것 같다

그러기에 행복한 순간이
날마다 때때로 있었을 것 같은데
이를 느끼지 못하는 것은
초심을 지키지 못함에서 오는
자괴감 때문에 생겨나나 보다

어린 날의 속다짐

할아버지를 따라나선 길
애야, 는개에 젖은 골바람 부는
저 골짜기를 보렴, 참 멋있지 않니
마음에 담아두고 꾀꾀로 꺼내 보면 어떨까

보슬비 보슬보슬 내리던 봄날
일흔일곱 고개를 넘어온
할아버지가 깊은 몸살을 앓게 돼
고수련하던 어머니
일이 아무리 바빠도 얼른 다녀가라 한다

윗비 걷히던 날
그동안 가슴에 묻어둔 것을
할아버지께 드러내 보이니
옛일이 새록새록 생각나는지
거짓 없이 구성지게 잘 그렸다며
묵은 응어리가 스르르 풀리는지
벙글어진 눈웃음에 밝아진 낯빛

단비 같은 빗물이 눈물을 씻겨냈나
또바기로 곁에 두고
흐뭇하게 바라다보는 맛에
입을 다물지 못하게 하는 웃음꽃을 피워
비 갠 뒤 떠오르는 무지개처럼
어두움의 그림자를 몰아낼 줄이야

* 속다짐 : 마음속으로 하는 다짐.

* 는개 : 안개비보다는 조금 굵고 이슬비보다는 가는 비.

* 골바람 : 골짜기에서부터 산꼭대기로 부는 바람.

* 꾀꾀로 : 가끔가끔 틈을 타서 살그머니.

* 고수련하다 : 앓는 사람을 시중들어 주다.

* 웃비 : 아직 비가 올 듯한 기운은 있으나,
　　　　세차게 내리다가 그친 비.

* 구성지다 : 천연스럽고 구수하며 멋지다.

* 벙글다 : 맺힘을 풀고 툭 터지며 활짝 열리다.
　　　　　　(고려대 한국어대사전)

* 단비 : 꼭 필요한 때 알맞게 내리는 비

* 또바기 : 언제나 한결같이 꼭 그렇게

수줍음의 꽃

배꼽시계가
'다섯 점 반'을 지나
약간 출출한 해 질 녘

밥 지을 시간이라고
활짝 웃으며 '다섯 점 반'이라고
나팔 불어 잔잔한 향기를 퍼 나른다

해가 밝은 아침 녘이면
너무도 아름다운 자태
자랑하기에 부끄러워
긴소매로 얼굴 가리는
수줍은 여인 같은 꽃

장독대 곁에 두고
애지중지 키워
분粉 만들어 바르던
누이가 좋아하는 꽃, 분꽃

* "다섯점반"은 윤석중의 동시
  "넉점반"에서 차용.

제목 : 수줍음의 꽃
시낭송 : 박영애
스마트폰으로 QR 코드를 스캔하면
시낭송을 감상할 수 있습니다

빗소리 단상

추하고 더러움으로
병든 몸과 마음의
근심 걱정을 씻어내서 좋고

정떨어진 사람에 대한 울적함과
정든 사람에 대한 그리움으로
꿀꿀한 마음에 여유로움을 찾아
빗방울 가락 따라
빗줄기에 씻어낸 만큼 행복해지리니

쨍하고 해 떠
뽀송뽀송 가벼워진 기분에
허위허위 묵은 감정을 비우고서

쌍무지개를 만나는 기쁨
누구나 가끔은 이런 시간과
마주할 수 있다면 좋지 않을까

오감 만족

차茶, 물 끓는 소리 정겹고
맘을 흡족하게 하고
감미로운 향기에
깊은 맛을 느껴가며
한 모금 넘기는 순간
온몸에 안온함을 준다

감로수같이 청아하고
맛도 향기도 좋아
영육이 고요롭고 평화롭다

몸과 맘의 상처가 치유돼
생기발랄해지고
생각이 젊어져 새롭게
사색할 여유가 있어 좋다
시·청·후·미·촉각의
오감은 심신을
평화로 이끄는 신물神物이로다

순경順境

삶에 부딪히는
수많은 역경

몇 번이고 뒤뚱뒤뚱
일어서려는 힘겨운 사투
홀로 아리랑

응원의 함성에 발맞춰
영광 영광스러운
승리의 깃발 휘날리니

삶의 애환

많은 부침을 겪고서
둥근달이 되더라도
쉬 일그러지고 만다

냉혹한 긴 한파를
이겨내고서 핀 꽃
또한 며칠 뒤엔 지고 만다

우리 삶에 주어진
대부분의 일도 덧붙여
어제도 그랬고
오늘도 어김없이 그렇고
내일도 그럴 것이다

이처럼 고된 외길이지만
온 힘을 다해
뚜벅뚜벅 걸어 나갈 수밖에

좌우간

실패를 거듭해
의지가지없는 처지
누굴 탓하랴

오뚝이 정신은
내 삶의 주어

새 삶을 열게 하는 힘
길이 빛낼 여정의 꽃

접시꽃 그리움

초여름날 대문 앞에 서면
달처럼 함빡 웃는 멋을 아는
멋쟁이 여인의 부드러운 음성

빨강 분홍 하얀
삼색 접시 속에서
방실방실 웃으며
잘 지내느냐 묻는 어머니

어떤 일을 하든 달과 별이 되어
어둠을 물리쳐 줄 것이니
'밤의 꾀꼬리'처럼 인내하며
열정을 다하라는 어머니

더 할 말이 남아 있는 듯
우물에 비친 손짓하는 모습
두레박질에 잔잔하게
흔들리듯 아슴아슴한 얼굴

* 밤의 꾀꼬리 : 나이팅게일이란 새로
   밤에 노래하는 모습 때문에 '밤의 꾀꼬리'라는 별명이 붙음.

제목 : 접시꽃 그리움
시낭송 : 박영애
스마트폰으로 QR 코드를 스캔하면
시낭송을 감상할 수 있습니다

앞일에 대한 바람

온갖 어려움을 이겨내고자
꽁꽁 얼어붙은 마음속에
꽃씨 하나 심었다

알뜰살뜰하게 피워 내려
노박이로 갖은 힘을 다했다

세찬 비바람을 막아내 주는
해님과 달님이 두루두루
보살펴 주는 따뜻한 손길

몸서리치게 차가운 가슴
사르르 무시로 녹여주는
맑을수록 따사로운 내음
반짝이는 윤슬 물결이어라

* 노박이로 : 줄곧 한 가지에만 붙박이로. 줄곧 계속적으로.
* 무시로 : 특별히 정한 때가 없이 아무 때나.

앞일에 대한 바람

바람의 마음

가슴 떨리게
기다리던 시간 속에
따사로운 봄바람

달콤하게 눈부신
햇살 따라 피어난
달보드레한 꽃향기

사람들의
행복을 바라면서
온 세상에 전한다

은은한 내음으로
텅 빈 가슴속을 채워줘
알게 모르게
모두를 살포시 웃고 웃게 한다

착시현상

긴장감을 높여
혈압을 오르게 하는
무한 음계의 미로 같은
다이달로스의 작품

좌우로 돌고 돌아
오르내린다 한들
다람쥐 쳇바퀴 돌듯
제자리걸음만 하고 있다

오늘에서 또 다른 오늘로
끝없이 이어지는
우리의 삶은 펜로즈의 계단

꿈속에서 무한 회귀하며 깨어나도
제자리로 돌아오는 것처럼
보고 싶은 것만 보려 하는
우리의 본성에서 오는 것 아닐까

* 다이달로스 : 그리스 신화에 나오는 건축가·조각가.
* 펜로즈의 계단 : 로저 펜로즈가 고안한 불가능한 모양의
　계단으로 하나는 높이는 변하지 않고 한쪽 방향은
　영원히 올라가고 다른 한쪽은 내려가기만 하는 4각 계단.

제목 : 착시현상
시낭송 : 박영애
스마트폰으로 QR 코드를 스캔하면
시낭송을 감상할 수 있습니다

달달 무슨 달

너도나도 따겠다 하니
작아졌다 커졌다 하며
우릴 가지고 노는 데도
따온 사람 있을까 보아
수소문해도 찾을 수 없다

그 누구에게 주겠다고
방안에 걸어 두겠다고
아니면
글쎄 무엇에 쓰려고

부질없는 욕심에
마음에 상심이 커지는 것을
내려다보고 있는 달은
어처구니없어하며

어디 날 한번 따 보라며
그저 작아졌다 커졌다 하며
지그시 웃고만 있다

보이지 않는 힘

겨울은 곤히 잠든 꿈속에서
솟아나려는 하얀 거품 웃음

봄은 혈기 왕성한 젊은이의
파릇파릇 풋풋하고 상쾌한 웃음

여름은 뜨끈뜨끈한 햇살 쏟아내는
깊은 진초록 빛깔의 웃음

가을은 지혜로운 노인의
너무도 해맑고 검붉은 웃음

삼백육십오일 웃고 웃는 웃음

빗속을 걸어도 옷이 젖지 않는
신비스러운 마력을 가진 웃음

희비 교차

무던히도 숨죽여 가며
잘 버티며 지내왔던
암울한 질곡의 세월

시월의 끝자락에
햇살이 제멋대로
온통 산야를
색동저고리로 입히려 한다

보슬비 내린 뒤
가을볕에 불탄
예쁜 옷으로 갈아입는
고까잎丹楓

멋 자랑 일색이지만
옷이 불타버려 헐벗은 나무는
무척이나 한겨울이 싫겠지

* 고까잎 : 단풍을 순화시킨 말.

오락가락

개굴개굴 개구리 배가 고팠나
두리번두리번 팔딱팔딱 뛰어올라
메뚜기를 낚아채 꼴깍꼴깍 삼킨다

순간 뽀스락뽀스락 소리에
오금이 절어 옴짝달싹 못 하고
허둥지둥 몸을 숨긴다

왜가리 물고기를
대롱대롱 입에 물고
나뭇가지에 앉아
힐끗힐끗 눈치코치 살피며
아작아작 오독오독 꿀꺽 삼킨다

구사일생으로 살았다는
기쁨에 들떠
목청 좋은 개구리
싱글벙글 으쓱으쓱 노래한다

도리와 순리

분별력이 있는 사람은
헷갈리지 않고
경계를 넘지 않는다

이를 잘 지키는 사람의
대부분은 소시민이다
물론, 지도층과 상류층
사람들도 잘 지킨다

그러나 어디를 가나
꼴값하는
사람 있기 마련이다

잘못하고서도
낯두껍게도 지지 않고 되레
코 큰소리치고 우쭐대니
그들 보고 후안무치하다고 한다

* 코 큰소리 : 잘난 척하는 소리

시절 따라

세월의 흐름도
월반越班도 하고
낙제도 하는
일이 있나 보다

아직 들국화도 피지 않았는데
몇 그루 코스모스 피웠다고
가을이라 할 수 있을까

가을로 접어드는 길목 곳곳에
몇 송이 철쭉이 피고
황매화 피었다고
봄이라 할 수 있을까

세월이 하 수상하니
별의별 일이 다 일어나니
이 일을 어찌해야 쓸고

미련 때문에

절대 권력자도
마음대로 못 하는 일

어디 한두 가지냐
그래도 어찌해보겠다고

꼬치꼬치 캐고 따져가며
용을 쓰지만
제 마음대로 못 하더라

바람을 피하듯
낮은 자세로
나아가길 바랄 뿐

행운보다 행복을

우연한 횡재를 꿈꾸며
행운이 온다는
네잎클로버를 찾아 나섰다

마음을 가다듬고
이곳저곳을 매의 눈으로
한 뼘 한 뼘 풀을 헤치며
되짚어 찾아보았으나 허사였다

돌아서려는 순간
눈에 번쩍 띄었으나

늘상 보내고 맞이하는 날
쉽게 알아차리진 못했으나
매번 깜짝 놀랄 만한
좋은 일이 있었고, 있으리라는
굳은 믿음에 본척만척 돌아섰다

초심과 회심

내 어릴 적
아재가 입으로 빨아 뱉어내며
하늘에 그리던 동그라미
참 멋있고 냄새도 싫지 않아
나도 크면 아재보다
더 멋지게 해보아야지 하며
꿈을 키웠다

고등학교에 입학하자
학생으로서는 절대 하면
안 되는 일이었으나
몇몇 친구가 몰래 하다가
혼쭐난 것을 보았다

헛된 꿈을 꾼 듯 회의가 들 때
어머니
너는 제발 입에 대지 말라 하고
아버지 또한 넌지시
애초에 관심 두지 않는 것이 좋다 한다

몸에 좋지 않은 요물을
가까이 두게 되면
이별에는 뼈를 깎는 인고의
고통이 따를 것이라는 말에
꿈을 포기하고 견원지간으로 지냈다

그와 떼려야 뗄 수 없는
깊은 인연을 맺은 친구 두셋은
폐肺가 망가져 수리 중이라니
안 됐다고 생각하며
그와 연을 맺지 말라 일깨워 준
어머니 아버지가 고맙고 그립다

부자간의 정리

고교 시절부터 생각날 때마다
간단히 써둔 편지
멀고도 먼 곳이라 배달되지
않을까 봐 붙이지 않았다

쓸 적마다 보았는지
모든 일이 순조롭게 잘 되어
어머니와 함께 무탈하게
팔순을 바라봄은
오직 아버지 덕분이다

서로 마주 보고
전화를 할 수 있는데
그곳까지는 무리인가 보다
그렇지만 언제고 마음으로
소통할 수 있어 좋기에

눈시울을 붉히며 적어둔
아버지에 대한 그리움을
이제는 소지燒紙하련다

부담과 압박

실체도 없고 무게도 없는
그 뭔가에 짓눌려 산다

무리하게 받으면
악전고투의 늪에 빠져
헤어 나오기에 여간 힘겹지만
때로는 약간의 내리눌림이
필요할 때가 있다

천근만근 무거움도
조급증에서 벗어나
자신이 할 일에
묵묵히 온 힘을 다하다 보면

필경 만족스럽고
따끈따끈 쫄깃쫄깃한
입맛 나는 좋은 날이
곁에 와 있지 않을까

부평초

잊어야 할 절망이
가슴에 지워지지 않고 새겨졌을까
그게 정말 사실일까
아니야, 그건 아쉬움일 거야

아쉬움을 물리치면
희망이 그 자리를
비집고 들어올까
그야 경계가 없으니
그럴 수도 있겠지

절망에 찌들어 서성이다
제정신으로 돌아오면
스무고개 넘어가듯
희망도 살랑살랑 살아나

생채기가 난 어두침침한
가슴속을 환하게 비춰줄
등불 하나 밝힐 수 있겠지

작가의 변

틀에 갇힌 일상에서
가끔은 일탈의 시간을 갖고 사색이 잠긴다.
사색에 빠지다 보면 엉성한 생각의 얼개가 펼쳐진다.
사색은 얼개에 살을 붙여
잘 다듬어 기록하게 하는 나의 스승이다.

비록 이렇게 쓰인 시가 미흡하더라도
뜻을 음미하면서 음률을 맞춰가며
읽고 또 읽되 소리 내어 자꾸 읽다 보면
재미를 느낄 수 있지 않을까 생각한다.

책을 몇 번이고 되풀이해서 읽으면 뜻을
저절로 알게 된다는 독서백편의자견讀書百遍義自見처럼
글의 줄거리가 중요하지만,
더 중요한 것은 소리를 통해 여물어 가듯

저의 부족한 시를 즐거이 읽어(낭송해) 주시고
즐거운 시간 속에 행복해지시길 바라며

아울러 출판을 위해 수고하신 김락호 이사장님을
비롯하여 참여해 주신 모든 분께 감사의 마음을 전합니다.
고맙고 고맙습니다.

설렘반기대반

박희홍 제6시집

2024년 7월 31일 초판 1쇄
2024년 8월 2일 발행
지 은 이 : 박희홍
펴 낸 이 : 김락호
디자인 편집 : 이은희
기 획 : 시사랑음악사랑
연 락 처 : 1899-1341
홈페이지 주소 : www.poemmusic.net
E-Mail : poemarts@hanmail.net

정가 : 10,000원
ISBN : 979-11-6284-542-4